LE SCRUTIN

ou

LES ÉLECTIONS

POËME HÉROÏ-COMIQUE

PAR

M. ARISTIDE DE BONFILS.

PARIS.

Vᵉ LE NORMANT, LIBRAIRE, RUE DE SEINE, 8.
DENTU, LIBRAIRE, PALAIS-ROYAL.

1842.

LE SCRUTIN,

ou

LES ÉLECTIONS,

POËME HÉROÏ-COMIQUE.

LE SCRUTIN,

OU

LES ÉLECTIONS,

POËME HÉROÏ-COMIQUE,

PAR

M. ARISTIDE DE BONFILS.

PARIS.

IMPRIMERIE LE NORMANT, RUE DE SEINE, N° 8.

1842.

LE SCRUTIN,

LES ÉLECTIONS.

CHANT PREMIER.

Je chante ce héros de burlesque mémoire,

Obscur enfant du sort, chéri de la Victoire,

Qui, par de longs combats et de rudes travaux,

Dans la Chambre élective arbora ses drapeaux;

Candidat court d'impôt, député sans génie,

J'en ai fait le héros de cette comédie.

Muse, redis les noms, les titres glorieux,

Les talens enviés de deux rivaux fameux

Descendus dans la lice au nom de la cabale,

Attentifs aux arrêts de l'urne électorale.

Dans les antiques murs d'une illustre cité,

Régnaient au sein des arts la paix, la liberté;

Ses joyeux habitans, émules de la Grèce,

Reculaient à l'envi les bornes de Lutèce;

Parmi les doux plaisirs de ses nobles travaux,

Le Génie enfantait des prodiges nouveaux;

Des Chambres, du Pouvoir la constante harmonie

Ceignait d'un triple airain le cœur de la Patrie.

Paisiblement élus, les députés toujours

Représentaient en paix trois siècles ou trois jours.

La Discorde en frémit, et, d'une voix émue,

Fit entendre ces mots qui percèrent la nue :

« Paris a donc brisé mon trône et mes autels ;

« Nul n'entend plus siffler mes serpens immortels ;

« La paix règne partout : son bonheur et sa gloire

« Déshonorent mon culte et souillent ma mémoire.

« Mais il est un démon dans un antre enchaîné,

« Des malheurs de l'État artisan suranné ;

« La Cabale est son nom, Satan même est son frère ;

« Je veux, pour me venger, le jeter sur la terre.

« Et vous, filles d'Enfer, effroi des nations,

« Euménides, soufflez sur les élections. »

Elle dit, et s'envole en secouant la tête

Dans les flancs d'un nuage où règne la tempête.

Cependant le bruit court que les décrets du Roi

Exaltent l'électeur au trône de la Loi.

L'opinion surgit, la liberté commence ;

La pensée est un sceptre, et l'urne une puissance.

Les murs interrogés apprennent aux passans

Le prélude obligé des grands événemens.

La Cabale à son tour s'approche pour en rire,

Et reconnaît l'espoir de son nouvel empire.

La Discorde la suit et court dans la cité,

Changeant de ton, d'habit, de forme à volonté.

L'Ambition, livrée au démon qui l'excite,

Prend des ailes de feu pour arriver plus vite.

Le banquier, le marquis, l'échevin, le docteur,

Se disputent l'orgueil d'un gîte au *Moniteur*.

La Discorde évoquant l'artifice et l'adresse,

Choisit d'une beauté la forme enchanteresse ;

Des fleurs dans ses cheveux remplacent des serpens ;

Aux rides de son front succèdent vingt printemps.

Que ne doit-elle pas à ces métamorphoses !

Son teint noir de forfaits s'efface sous des roses.

Pour armure elle prend le carquois de l'Amour,

Et marche avec les pieds qui portaient Pompadour.

Elle vole au logis d'un docte apothicaire.

Brontin était le nom qu'avait porté son père ;

L'Esculape, penché sur un mortier de fer,

Respirait en dormant l'opium et l'éther.

Ses sens, après dîner, cédant à l'habitude,

Savouraient le repos dans sa béatitude :

La déesse en entrant exhale un long soupir,

Puis marque par des cris son mortel déplaisir.

Brontin avec effort entr'ouvre la paupière,

Et contemple en bâillant l'immortelle courrière.

« Quoi! Brontin, vous cédez en esclave au sommeil,

« Et le zèle de tous attend votre réveil :

« L'élection bouillonne aux veines de la France,

« Qu'inondent des torrens de séve et de puissance.

« Le peuple, lui dit-elle, élit des députés

« Défenseurs de ses droits, amis des libertés.

« Déjà de vos vertus la nouvelle est semée ;

« Incorruptible et pur dans votre renommée,

« L'esprit et le savoir vous ont fait candidat,

« Et je salue en vous un soutien de l'État.

« Brontin, n'hésitez pas, une palme immortelle

« S'offre dans la carrière où ma voix vous appelle. »

La déesse, à ces mots, le serrant dans ses mains,

Sur son front, d'un baiser, distille les venins.

Comme on voit un lion dans les sables d'Afrique,

Excité par la soif sous les feux du Tropique,

Au milieu du désert témoin de ses tourmens,

Par des coups redoublés ensanglanter ses flancs,

Tel on voit en sursaut bondir l'apothicaire

Qui renverse à ses pieds un pot de vulnéraire;

Impatient d'un mal qui trouble sa raison,

Il appelle à grands cris les gens de sa maison.

La plus prompte à venir est sa femme Dorine,

Trésor de bourgeoisie et d'honnête cuisine;

Elle excelle dans l'art illustré par Mignot,

D'arroser d'une eau pure et la soupe et le rôt,

D'infliger un œuf dur à la méchante oseille,

De servir un poulet qu'on a mangé la veille.

Toujours dans une sauce elle trempe son doigt,

Et retire à propos sa manche qui la boit ;

Elle a pour relever le goût d'une poivrade

Râpé quarante hivers la même noix muscade.

Brontin à son aspect demeure confondu,

Et cherche d'un discours le fil qu'il a perdu :

Mais enfin reprenant une mâle assurance,

Il soulage son cœur en des flots d'éloquence.

« Voter est un devoir, dit-il, la royauté

« Réfléchit les splendeurs de la légalité.

« Rien ne me retient plus, la voix de la patrie

« A cet honneur sacré m'appelle et me convie.

« Électeur, citoyen, fier d'obéir aux lois,

« Choisir c'est être libre, et l'urne attend mon choix.

« Une divinité des cieux est descendue,

« Au nom de la patrie elle m'est apparue.

« Le sort en est jeté, je te quitte demain ;

« Tout front d'homme est courbé sous l'arrêt   estin.

« Dans les champs électifs emporté par la gloire,

« J'abandonne ma femme et mon laboratoire. »

Dorine en entendant un si cruel discours,

A reconnu la fièvre en son funeste cours ;

Et versant d'un tiroir le quina qu'on y pose,

Elle en broie à ses yeux une effroyable dose.

S'inspirant de son zèle et de son amitié,

De tout ce qu'elle trouve elle prend la moitié ;

Et pour un résultat plus homéopatique,

Elle inonde le tout d'un torrent d'émétique.

Cependant Gilotin, leur fidèle commis,

Se vengeait à Lonchamp de l'exil du logis.

Il rentre édulcoré d'une subite pluie,

Agite son chapeau que du coude il essuie,

Et voit en frémissant le prince des amers

Englouti dans des flots détersifs et pervers.

On dit sur ses deux pieds qu'il perdit l'équilibre,

Et que son sang glacé s'arrêta sous sa fibre.

Il veut par des avis et des conseils prudens

Qu'on disperse au plus tôt ces mortels élémens;

Et d'un rapide effort jette par la fenêtre

Des poisons innocens de la soif de son maître.

FIN DU CHANT PREMIER.

CHANT DEUXIÈME.

Cependant cet oiseau prodigue de secrets,

Qui même avant les rois promulgue leurs décrets ;

Ce monstre sans merci, tyran de nos oreilles,

Qui se gonfle de vent, de monts et de merveilles ;

La Renommée enfin vieillie en ce métier,

Avant le chant du coq a dans chaque quartier

Publié la nouvelle en tous points authentique

Que Brontin dans deux jours déserte sa boutique;

Qu'il va, pour s'opposer au succès d'un rival,

Se montrer au grand jour et monter à cheval.

La Renommée encor, dans sa rage indiscrète,

Frappe Dorine au front d'un coup de sa trompette.

Dorine, sous ce coup, reculant de trois pas,

Ressent dans tout son corps les moiteurs du trépas;

Elle court au hasard, étourdie, éperdue,

Maudit le sort jaloux et descend dans la rue.

Aux passans assemblés demande son mari,

Et gourmande un Gascon accusé d'avoir ri.

Mais il s'offre un écho favorable à sa peine,

La Pitié sous le bras la prend et la ramène,

La calme doucement d'un mot consolateur,

Et verse en ses conseils le baume de son cœur.

Elle voudrait, hélas! en de telles alarmes

Recueillir dans ses yeux le ruisseau de ses larmes;

Elle pleure avec elle, et Dorine toujours
Repousse de ses soins l'inutile secours.

Dorine trouve enfin cet époux infidèle
Dans une chambre haute où la ravit son zèle.
« Par quelle trahison Brontin as-tu juré
« De mentir aux doux noms dont je t'avais paré,
« Dit-elle, et d'immoler celle qui te fut chère
« A courir follement après une chimère.
« Faible atome qu'on livre au feu des passions,
« Que vas-tu devenir en leurs noirs tourbillons,
« Représentant? de qui? député? Pourquoi faire?
« Des lois de fer ou bien de chemins sous la terre;
« Entendre Martineau pour tout délassement,
« Vatout presque toujours, Berryer rarement;
« Ne parler qu'au mensonge et prendre l'habitude
« De la palinodie et de l'ingratitude;
« T'exposer sous un lustre aux regards curieux,
« Aux forfaits impunis d'un plaisant odieux,

2

« Et cloué sur un banc abreuvé d'un calice,

« Au discours d'Abraham t'offrir en sacrifice;

« Te raser tous les jours, faire gras vendredi,

« Dîner au bout du monde et jamais à midi;

« T'asseoir à droite, à gauche, et rechutant au centre,

« Attirer à la peau l'ambition qui rentre;

« Solliciter les grands et ne voir par un trou

« Qu'un portier négatif d'un commis loup-garou;

« En des chagrins mortels être forcé de rire,

« Etre bien malheureux et ne pas me le dire;

« Et pour finir enfin tes six mois d'alibi,

« Tomber de ta hauteur dans un charivari. »

A ces mots, ses genoux fléchissant vers la terre,

Elle accable Brontin du poids de sa prière.

Il demeure surpris et longtemps confondu,

Entre deux sentimens, tristement suspendu :

« Ma femme, lui dit-il, l'excès de tes alarmes

« Fait tomber sur mon cœur chacune de tes larmes.

« Je sais de tes vertus les solides attraits,

« J'en connus le pouvoir, j'ai compté tes bienfaits ;

« Mais cesse d'ébranler ma force et mon courage

« Et d'arrêter mes pas où l'honneur les engage.

« La liberté m'appelle et le pays m'attend.

« La liberté c'est l'homme, elle crie en naissant. »

La Nuit en cet instant sur des brigues sans nombre

De son front sourcilleux laisse tomber son ombre ;

Pour se venger du jour adoré des humains,

Sur la terre avant l'heure elle abaisse ses mains,

Et de ses longs cheveux obscurcissant la nue,

Marche sur les clochers et descend dans la rue.

La Discorde empressée à la bien recevoir,

Lui montre en l'abordant les gazettes du soir.

La Discorde et la Nuit s'accordent à merveille ;

Dans les épanchemens que l'amitié réveille,

Elles veulent offrir aux faveurs du scrutin

Un redoutable nom écrit dans le *Lutrin*.

Mais de puissans rivaux en foule se présentent ;

Les esprits excités s'embrasent et fermentent,

Chacun, qu'il ne soit rien ou qu'il soit candidat,

Sosie, Amphitryon, honnête homme ou pied-plat,

Veut que l'élection le choisisse et le nomme ;

Pour jouer à son tour le rôle de grand homme.

La Discorde et la Nuit entrent dans les maisons,

L'une tient sa lanterne et l'autre ses brandons.

Déjà dans la cité les partis en silence

Préludent au grand jour du combat qui s'avance ;

Sous des drapeaux divers rangent leurs bataillons

Et forment des soldats pour les élections ;

Mais il est un faubourg célèbre dans le monde

Que la Seine en courant effleure de son onde ;

C'est là qu'une duchesse assise en un fauteuil

Descend jusqu'à sa cour des hauteurs d'un coup d'œil,

Exerce le pouvoir d'un mot dit avec grâce,

Et fait d'un conquérant parfois trembler l'audace.

Les élégans plaisirs habitent son salon ;

Elle enivre son peuple aux parfums du bon ton.

Dans le pli d'une gaze elle met du génie,

Et de la royauté dans sa coquetterie ;

Par le temps et la gloire elle touche aux grandeurs,

L'infortune retient la dîme de ses pleurs,

Tout métal devient or dès que son doigt le touche,

On respecte un arrêt prononcé par sa bouche.

Le choix d'un candidat qu'elle dicte soudain

Asservit les échos du faubourg Saint-Germain :

Villars, tel est le choix de l'illustre duchesse ;

Un mérite éclatant réhausse sa noblesse ;

Il a dans cent combats exercé son grand cœur,

Et les champs africains redisent sa valeur.

Le soleil renaissant, en cette conjoncture,

Essuyait d'un rayon les pleurs de la nature.

Cette heure est à Paris le moment du repos;

Le Sommeil arriva chargé de ses pavots

Qu'il posa, loin du bruit, sur la noble paupière

De celle qu'un doux songe enviait à la terre.

Mais, comme elle goûtait ses paisibles faveurs,

Et que ce songe heureux lui versait ses douceurs,

Elle voit devant elle un spectre épouvantable

Prendre, ôter, ressaisir un masque impénétrable;

Il avait pour symbole une aigle, un léopard;

Il parlait en sifflant, sa langue était un dard;

Un habit brodé d'or jurait sur ses épaules,

Sa taille de géant dominait les deux pôles;

Un coq sur son chapeau, tourné vers l'orient,

Chantait l'hymne à la paix et le désarmement;

Un Cobourg sur son dos y formait une bosse,

Le pied de Talleyrand boîtait sous ce colosse,

Ogre caméléon, fantôme ambassadeur,

C'était la Politique au chevet de l'Erreur.

Sous un voile docile aux replis du mensonge,

Elle venait offrir, à la faveur d'un songe,

Le nom d'un candidat protégé par la cour,

Séide du pouvoir et tribun tour à tour.

La noble déité se réveille éplorée,

Elle croit voir encor cette image abhorrée.

Trois fois d'une sonnette elle invoque la voix,

La sonnette épargnée est muette trois fois;

Dans l'effort impuissant de sa main défaillante,

Elle ne voit venir ni laquais ni servante,

Et, sans un bénitier qui s'offrit à ses yeux,

Elle n'eût pas chassé ce fantóme odieux.

FIN DU CHANT DEUXIÈME.

CHANT TROISIÈME.

L'Aurore, le front ceint de fleurs à peine écloses,
Attendait le Soleil sous un dôme de roses ;
Humide de bonheur à l'approche du jour,
Elle versait des pleurs d'espérance et d'amour.

La Discorde sourit au combat qui s'apprête,
Et flatte de la main des serpens sur sa tête.
Elle a vu tout un peuple à sa voix accourir,
Pousser des cris confus, s'agiter et frémir,
Encenser à genoux ses autels qu'il adore,
Détester et vouloir des Bastilles encore.

La déesse a surpris aux prétendans divers
Les secrets que l'orage emportait dans les airs.
Elle sait que Brontin brûle d'impatience
D'affronter en champ clos un rival qui s'avance.

Villars, à qui la Gloire a prêté ses rayons,
Veut à cette couronne ajouter des fleurons.
Brontin va présider un diner politique,
Il prépare un toast inondé de logique :
Les abus abolis, la réforme des lois,
Les flatteurs détournés de l'oreille des rois,

Les noms chers et sacrés d'honneur et de patrie,
Tel est le canevas offert à son génie.

Les heureux conviés, qu'on annonce soudain,
Admirent en entrant les apprêts du festin;
Mais, pendant qu'à dîner tout le monde conspire,
Le zélé Gilotin à son maître vient dire
Que quatorze électeurs, sans doute en omnibus,
Sont à l'heure qu'il est vainement attendus:
Ce présage effrayant, cette triste nouvelle,
Déconcerte Brontin, qui pâlit et chancelle.
Gilotin dissimule, en ce danger pressant,
Le dépit qu'en son cœur à son tour il ressent;
Mais, comme un général, pour rassurer sa troupe,
Il ordonne à l'instant qu'on apporte la soupe.
A ce mot, des bravos partis de tous côtés,
Par les échos lointains sont longtemps répétés.
Quatre valets d'emprunt, à la blanche cravate,
Sous ce brûlant fardeau s'avancent à la hâte.

Gilotin, du dîner, par des libations,

Masque le côté faible et les défections.

Au poste déserté courant de sa personne,

Il l'emplit tout entier, s'asseoit et s'y cramponne.

Mais, justement troublé de ses succès douteux,

Il appelle à son aide un bouilli monstrueux,

Et fait, sans plus tarder, avertir la musique

Qu'elle ait à soutenir le dîner politique.

Le concert furieux des archets déchirans

Des tambours débordés perce les roulemens.

Gilotin à ce bruit, d'un favorable augure,

Lève un front triomphant et marque la mesure;

Son âme est suspendue à ce plaisir divin,

La cadence en passant palpite sous sa main.

Brontin sur son fauteuil respire la victoire,

Sourit à Gilotin et lui demande à boire,

Et dans un rouge bord qui pétille à leurs yeux

Savoure le nectar et le bonheur des dieux.

Des rôtis imposans devancent la pensée;

D'un déluge de mets la table embarrassée

Se refuse aux brouets, faillit au fricandeau ;

Brontin, la larme à l'œil fait remporter un veau.

Mais pour le coup d'éclat d'une telle campagne

Le héros du dîner s'entoure de champagne,

Dans les airs échappés cent bouchons à la fois

Pour honorer Brontin tonnent de leurs cent voix.

La liqueur qui jaillit au-dessus de sa tête

Le montre aux électeurs qu'électrise la fête.

Gilotin se dévoue et porte une santé

A son illustre maître, au futur député.

L'assemblée aussitôt se lève comme un homme,

Chacun le verre en main le contemple et le nomme,

Et de la table alors lui faisant un pavois,

Ils y placent debout le héros de leur choix.

Ce n'est plus un mortel, il n'est plus sur la terre ;

Les applaudissemens prolongent leur tonnerre,

Ils voudraient le montrer aux yeux de l'univers

Sa tête près des cieux, son pied dans les pois verts.

Mais Gilotin, pour lui craignant cette attitude,

Le rappelle au fauteuil doux comme l'habitude,

Et, pour rendre son maître accessible au café,

L'enlève de la table où son pied s'est greffé.

Tel on vit autrefois ce prince magnanime,

Enée, aux champs troyens, par un effort sublime,

Arracher son vieux père aux étreintes du sort,

L'emporter en triomphe et défier la mort.

Cette comparaison, ma Muse, est un peu leste;

Laisse-là les Troyens, Homère et tout le reste;

Dis-nous plutôt, dis-nous le nom du cuisinier

Qui fit un bon dîner sans poisson ni gibier,

Et, pour offrir ton culte à cet autre *Carême*,

Allume un grain d'encens au fond d'un pot de crême.

Mais pendant que Brontin, tranquillement assis,

Entouré d'un essaim de flatteurs et d'amis,

Respirait du moka l'innocente fumée,

Une femme apparaît, de colère enflammée :

C'est Dorine... à la main elle tient un papier

Noirci d'encre et de fiel, remis par un huissier.

Sa plume au bec de fer, emblême de son âme,

A griffonné le nom d'elle susdite dame;

Puis, jaloux de garder tous les ménagemens,

Il a de ses regrets répété les semblans,

Et, replaçant sa plume au front de sa perruque,

Il a fait en partant un salut de la nuque.

Il avait un habit couleur de tribunal.

Elle a vu ce vautour remonter à cheval :

Pendant qu'il galopait comme on fuit un reproche,

Un accroc laissait voir ses exploits dans sa poche.

Brontin prend ce papier qu'a trahi sa couleur,

Le comprime en ses mains, le froisse avec douleur,

Le parcourt à la fin et remonte à la cime,
Se penche sur les mots pour lire dans l'abîme.

Cet écrit n'est rien moins qu'un public document
Annonçant à Brontin cathégoriquement
Qu'il n'est point éligible, et que Villars insiste
Pour qu'il soit tout d'abord extirpé de la liste.
Dans cet écrit néfaste on a bien expliqué
L'article de la loi qui fut mal appliqué,
Et, suivant des auteurs les plus saines maximes,
Brontin faillit au cens de quatre-vingts centimes.

Comme on voit tout à coup les autans furieux
Arracher les mortels aux voluptés des cieux;
Tel on voit cet écrit, noir enfant des tempêtes,
Obscurcir l'horizon qui brillait sur leurs têtes.
Brontin autour de lui regarde avec effroi
Les électeurs pâlir aux accens de la loi.

Son plus fidèle ami, l'espoir de sa vengeance,

Se cache dans sa peur et garde le silence.

Au travers d'un nuage il le cherche des yeux ;

Mais est-il des amis sous un ciel orageux ?

A flots précipités leur cohorte s'écoule,

Une porte béante en engloutit la foule.

FIN DU CHANT TROISIÈME.

CHANT QUATRIÈME.

Le bruit retentissant des échos du matin
Se mêlait au bruit sourd d'un carrosse lointain.
Aux premiers feux du jour offrant sa tête altière,
La reine des cités se montrait à la terre.

Un procureur goutteux, du séjour des procès,
Apportait à Brontin l'avis de ses succès.

Villars, qui de Thémis a subi les oracles,
Dresse contre Brontin l'orgueil de ses miracles,
Le poursuit de sa gloire au fond de sa maison,
Et le voue aux tourmens de la comparaison.
Façonnant son génie aux lenteurs de la guerre,
Il ouvre ses salons et devient populaire,
Et tend aux électeurs, de ses bontés confus,
La main qu'il ne tendit jamais qu'à des vaincus.

Brontin, fort de ses droits, sait que la Cour Royale
Maintient par un arrêt la liste électorale;
En dépit de Villars, il a lu contre un mur
Son nom qu'il a touché pour en être plus sûr,
Et, dussent les méchans en parler à leur aise,
Il s'est, pour le mieux voir, grandi sur une chaise.

Cet éclatant succès enivre le vainqueur.

Désormais candidat, éligible, électeur,

Il est prêt à combattre, à voter dans la lice,

Et lève un front serein sous un astre propice.

Mais les solliciteurs, au bruit de ses succès,

Viennent pour contempler sa gloire de plus près.

Fatigué de tenir l'inutile audience

D'un procès ignoré qui toujours recommence,

Certain juge de paix apparaît à Brontin ;

C'était, je crois, celui de Quimper-Corentin :

Il venait à Paris demander une place

Pour l'État et lui-même un peu plus efficace.

Mais pendant qu'il soutient sa thèse avec chaleur,

Arrive gros d'espoir un mince contrôleur :

Il a bien quelques droits à quelque récompense,

Et son emploi n'est pas aisé comme l'on pense ;

Il s'est couvert d'honneur dans les mutations,

Sa plume redoutable a troué des maisons ;

Et tous les contrôleurs, s'ils étaient de sa force,
Recenseraient à mort sans brûler une amorce.

Un avocat sans cause accourt tout essoufflé,
Léger comme un ballon que le vent a gonflé.
Des commis il en vient, il en sort de la terre.
Après eux des octrois c'est l'adjudicataire ;
Il voudrait qu'on taxât les quatre pieds d'un bœuf,
La crète des chapons et le germe d'un œuf.

Un percepteur prétend, transporté d'un beau zèle,
Qu'il faut chausser l'impôt d'une double semelle,
Le sordide enrichi, l'avare écornifleur
Ouvre à l'ambition les bagnes de son cœur.

Un préfet en grand deuil de la faveur publique,
Se plaint, malgré l'hiver, qu'une mouche le pique.

Un illustre exilé de la cour de Plutus

Vient offrir à Brontin des amis qu'il n'a plus.

Un président sevré du miel des préséances,

Contre son sous-préfet tente des doléances;

Il demande une loi qui fixe mieux les rangs,

Et compte pour chevrons le nombre des sermens.

Victor Hugo, l'amant de la belle nature,

Pour défendre les droits de la littérature

Propose d'envoyer à Racine un cartel,

Et fait des bouts-rimés contre l'impôt du sel;

Ce poëte à regret captif dans son génie,

Casse en deux l'hémistiche et brise l'harmonie.

Pour être nommé pair il expose à Brontin

Qu'il a fait bravement le plongeon dans *le Rhin*.

D'un débit de tabac le jaloux titulaire

Éternue au seul nom de l'entrepositaire ;

Il voudrait, si Brontin est nommé député,
Qu'au ministre il parlât de sa moralité.

Un juge inamovible autant que le Caucase,
Fait un pas de Zéphyr et saute pour Decaze.
Un substitut myope et qui voit tout en noir,
Prend du mauvais côté la verge du pouvoir ;
Il pousse aux coups d'État et voue en sa manie
La presse agonisante à l'air de l'Italie.

Un procureur du roi pour un plus haut parquet
Soupire une élégie en faveur du gibet :
Timide et par pudeur il conseille à voix basse
De laisser l'échafaud pour les délits de chasse.
A ce mot effrayant les cheveux de Brontin
Sortent de sa perruque et deviennent d'airain.
Tout tremblant sous le coup de cette impertinence,
Il tombe sur sa chaise et lève l'audience.

Cependant les tambours promenés en roulant,

Prêtent leur grande voix au grand événement;

Ce signal du départ est l'heure solennelle,

Chaque électeur se hâte à son poste fidèle.

La Sybille a donné le mot d'ordre aux votans;

Un billet prophétique arme les combattans.

La cabale partout va, court, se précipite,

Vole dans tous les rangs, y revient et les quitte.

Sur des sentiers divers les deux partis rivaux

Balancent en marchant l'ombre de leurs drapeaux;

Ils arrivent ensemble au milieu de la salle

Où les a précédé la rapide cabale.

On forme le bureau; des aigles scrutateurs

S'abattent sur la table aux yeux des électeurs.

Chaque votant s'approche, et levant la main droite,

Va prêter le serment qu'à la cour on convoite.

Il répète debout les termes de la loi,

Et donne un libre essor aux ardeurs de sa foi ;

Mais le nom de Villars à l'instant se prononce,

Le Silence qui parle aux électeurs l'annonce.

A sa démarche fière, à son noble regard ;

Il semble des combats défier le hasard.

Il est beau du serment qu'il prête sur l'épée

Du sang des ennemis encor toute trempée.

On vote et l'on attend les arrêts du destin

Longtemps ensevelis dans la nuit du scrutin.

L'heure sonne et soudain une foule empressée

Attache au nom qui sort son ardente pensée.

Le temps traîne son vol sur le dépouillement,

Et suspend l'assemblée aux ailes d'un moment.

Les noms des deux rivaux promis à la victoire

Sillonnent tour à tour le cœur et la mémoire.

Un votant quelque peu clerc du quartier latin,

Tout à coup au passage arrête un bulletin

Et soutient d'une voix propice a la chicane

Qu'un serpent s'est glissé sous une main profane,

Que le nom de Villars, puisqu'il faut parler net,

Offre une nullité dans le cœur du billet,

Et qu'on a mis sur l'*i* coiffé d'un trait convexe,

Au lieu d'un point classique un accent circonflexe.

Mille cris aussitôt partis en faux-bourdon

Imitent un houra des Cosaques du Don.

La cabale en fureur jure par tous les diables

Que les *i* sans les points sont des *i* récusables.

Les contraires partis se disputant entre eux,

Jettent leurs tourbillons dans ce désordre affreux.

La chicane en hurlant fait retentir la salle

Et déchire sa voix dans sa bouche infernale.

Après de longs débats, le bureau consulté

Immole le billet à l'unanimité.

La séance est reprise, et les noms qu'on écoute

Prolongent le tourment de l'attente et du doute ;

Mais l'urne n'offre plus dans ses flancs désertés

Qu'un billet qu'elle étale aux yeux épouvantés.

La main qui s'y posa docile au simple usage

Du livre des destins écrivit une page ;

Il recèle en ses plis dans ce jour solennel

L'irrévocable arrêt d'un triomphe immortel.

Un silence effrayant subjugue l'assemblée ;

Elle attend et frémit palpitante et troublée.

Tous les cœurs sont émus : Villars seul sans pâlir

Se présente impassible au nom qui va sortir ;

Brontin tombe éperdu la face contre terre,

Comme on attend un coup qu'apporte le tonnerre !

Quand un fidèle ami par son zèle excité,

Le releva de terre : il était député.

FIN DU CHANT QUATRIÈME ET DERNIER.